Historias crueles

Historias crueles

Cuentos de Perrault sin censura

ESMERALDA
PUBLISHING

HISTORIAS CRUELES. CUENTOS DE PERRAULT SIN CENSURA.
CHARLES PERRAULT. Esmeralda Publishing LLC.

Antecedentes:
Este título fue publicado originalmente en 1697.

ISBN: 978-1-64800-015-7

Información de portada:

Red Riding Hood (1864) – John Everett Millais

Diseño: Ariel Wajnerman

CAPERUCITA ROJA

Érase una vez una pequeña aldeana, la más bonita entre todas, tanto que loca de gozo estaba su madre, y más aún su abuela, quien le había hecho una caperuza roja, que tan bien le quedaba que por Caperucita Roja la conocían todos.

Un día su madre hizo tortas y le dijo:

—Ve a casa de la abuela a informarte sobre su salud, pues me han dicho que está enferma. Llévale una torta y este tarrito de mantequilla.

Caperucita Roja salió enseguida en dirección a la casa de su abuela, que vivía en otra aldea. Al pasar por un bosque encontró al compadre Lobo, que tuvo ganas de comérsela, pero no se atrevió porque había algunos leñadores en el bosque. Le preguntó a dónde iba y la pobre niña, que no sabía que era peligroso detenerse para dar oídos a un lobo, le dijo:

—Voy a ver a mi abuela y a llevarle esta torta con un tarrito de mantequilla que le envía mi madre.

—¿Vive muy lejos? —le preguntó el Lobo.

—Sí —contestó Caperucita Roja—, queda pasando el molino que ve allá lejos, en la primera casa de la aldea.

—Pues entonces —dijo el Lobo—, yo también quiero visitarla. Iré por este camino y tú por aquel, a ver cuál de los dos llega antes.

El Lobo echó a correr tanto como pudo por el camino más corto, y la niña se fue por el más largo, entreteniéndose en recoger avellanas, en correr tras las mariposas y en hacer ramilletes con las florecillas que encontraba a su paso.

Poco tardó el Lobo en llegar a la casa de la abuela. Llamó: ¡pam! ¡pam!

—¿Quién es?

—Soy su nieta, Caperucita Roja —dijo el Lobo imitando la voz de la niña—. Le traigo una torta y un tarrito de mantequilla que le envía mi madre.

La buena de la abuela, que estaba en cama porque se sentía un poco indispuesta, contestó gritando:

—Tira del cordel y se abrirá el cerrojo.

Así lo hizo el Lobo y la puerta se abrió. Se arrojó sobre la anciana y la devoró en un abrir y cerrar de ojos, pues hacía más de tres días que no había comido. Luego cerró la puerta y fue a acostarse en la cama de la abuela, esperando a Caperucita Roja, que poco después llamó a la puerta: ¡pam! ¡pam!

—¿Quién es?

Caperucita Roja, que oyó la ronca voz del Lobo, tuvo miedo al principio, pero creyendo que su abuela estaba resfriada, contestó:

—Soy yo, su nieta, Caperucita Roja, que le trae una torta y un tarrito de mantequilla que envía mi madre.

El lobo gritó procurando suavizar la voz:

—Tira del cordel y se abrirá el cerrojo.

Caperucita Roja tiró del cordel y la puerta se abrió.

Al verla entrar, el lobo le dijo, ocultándose bajo la manta:

—Deja la torta y el tarrito de mantequilla encima de la artesa y ven a acostarte conmigo.

Caperucita Roja se desnudó y se metió en la cama. Grande fue su sorpresa al ver el aspecto de su abuela en salto de cama, y le dijo:

—Abuelita, ¡qué brazos más grandes tiene!

—¡Para abrazarte mejor, hija mía!

—Abuelita, ¡qué piernas más grandes tiene!

—¡Para correr mejor, hija mía!

—Abuelita, ¡qué orejas más grandes tiene!

—¡Para oír mejor, hija mía!

—Abuelita, ¡qué ojos más grandes tiene!

—¡Para ver mejor, hija mía!

—Abuelita, ¡qué dientes más grandes tiene!

—¡Para comerte mejor!

Y, con estas palabras, el malvado lobo se arrojó sobre Caperucita Roja y se la comió.

PULGARCITO

Érase una vez un leñador y una leñadora que tenían siete hijos, todos ellos varones; el mayor tenía solo diez años y el menor, tan solo siete. Puede resultar sorprendente que el leñador haya tenido tantos hijos en tan poco tiempo; pero tenía una esposa muy expeditiva, que los traía al mundo al menos de dos en dos.

Eran muy pobres y sus siete hijos eran una pesada carga, ya que ninguno podía aún ganarse la vida. Sufrían además porque el menor era muy delicado y no decía palabra alguna, e interpretaban como estupidez lo que era un rasgo de la bondad de su alma. Era muy pequeñito y cuando nació no era más grande que el pulgar, por lo cual lo llamaron Pulgarcito.

Este pobre niño era en la casa el que pagaba los platos rotos y siempre le echaban la culpa de todo. Sin embargo, era el más sagaz y el más despierto de los hermanos y, aunque hablaba poco, escuchaba mucho.

Sobrevino un año muy difícil, y fue tanta la hambruna, que la desdichada pareja resolvió deshacerse de sus hijos. Una noche, mientras los niños estaban acostados, el leñador, sentado con su mujer junto al fuego, le dijo, con angustia:

—Ves que ya no podemos alimentar a nuestros hijos; no resistiría verlos morirse de hambre ante mis ojos y estoy resuelto a dejarlos perderse mañana en el bosque, lo que será bastante fácil pues mientras estén entretenidos haciendo atados de astillas podremos huir sin que nos vean.

—¡Ay! —exclamó la leñadora—, ¿serías capaz de hacer tú mismo que tus hijos se pierdan?

Por mucho que su marido le hiciera ver su gran pobreza, ella no podía permitirlo; era pobre, pero era la madre.

Sin embargo, tras considerar el dolor que le significaría verlos morirse de hambre, consintió y fue a acostarse llorando.

Pulgarcito oyó todo lo que dijeron pues, habiendo escuchado desde su cama que hablaban de asuntos serios, se había levantado muy despacio y se había escondido bajo el taburete de su padre para escucharlos sin ser visto. Volvió a la cama y no durmió más esa noche, pensando en lo que tenía que hacer. Se levantó de madrugada y fue hasta la orilla de un riachuelo, donde se llenó los bolsillos con guijarros blancos, tras lo cual regresó a casa. Partieron todos, y Pulgarcito no dijo nada a sus hermanos de lo que sabía.

Fueron a un bosque muy tupido y frondoso; a diez pasos de distancia, no se veían unos a otros. El leñador se puso a cortar leña y sus hijos a recoger astillas para hacer atados. El padre y la madre, viéndolos dedicados a la tarea, se alejaron de ellos con sigilo y luego echaron a correr por un pequeño sendero desviado.

Cuando los niños se vieron solos, se pusieron a gritar y a llorar a mares. Pulgarcito los dejaba gritar, sabiendo muy bien por dónde volverían a casa; pues, al caminar, había dejado caer a lo largo del camino los guijarros blancos que llevaba en los bolsillos.

Entonces les dijo:

—No teman, hermanos. Mi padre y mi madre nos dejaron aquí, pero yo los llevaré de vuelta a casa, no tienen más que seguirme.

Lo siguieron y los condujo a casa por el mismo camino que los había llevado al bosque. Al principio no se atrevieron a entrar, pero se pusieron todos junto a la puerta para escuchar lo que hablaban el padre y la madre.

En el momento en que el leñador y la leñadora llegaron a su casa, el señor de la aldea les envió diez escudos que les debía desde hacía tiempo y cuyo reembolso ellos ya no esperaban. Esto les devolvió la vida, ya que los infelices se morían de hambre. El leñador mandó en el acto a su mujer a la carnicería. Como hacía tiempo que no comían, compró el triple de carne de la que se necesitaba para la cena de dos personas. Cuando estuvieron saciados, la leñadora dijo:

—¡Ay! ¿Qué será de nuestros pobres hijos? Buena comida tendrían con lo que nos queda. Pero, Guillermo, fuiste tú el que quisiste perderlos. Bien decía yo que nos arrepentiríamos. ¿Qué estarán haciendo en ese bosque? ¡Ay! ¡Dios mío, quizás los lobos ya se los han comido! ¡Eres un inhumano por haber perdido así a tus hijos!

El leñador terminó perdiendo la paciencia, pues ella repitió más de veinte veces que se arrepentirían y que ella bien lo había dicho. La amenazó con pegarle si no se callaba. Aunque estaba probablemente más afligido que su mujer, esta no paraba de atosigarlo y, al igual que muchos otros, gustaba de las mujeres que hablaban razonablemente pero consideraba molestas a quienes siempre tenían razón.

La leñadora estaba deshecha en lágrimas.

—¡Ay! ¿Dónde están ahora mis hijos, mis pobres hijos?

Una de las veces lo dijo tan fuerte que los niños, agolpados a la puerta, la oyeron y se pusieron a gritar todos juntos:

—¡Aquí estamos, aquí estamos!

Ella corrió de prisa a abrirles la puerta y les dijo, abrazándolos:

—¡Qué contenta estoy de volver a verlos, hijos queridos! Están muy cansados y hambrientos; y tú, Pierrot, mira cómo estás de embarrado, ven que te limpio.

Este Pierrot era el hijo mayor, al que quería más que a todos, porque era un poco pelirrojo y ella tenía el pelo rojizo.

Se sentaron a la mesa y comieron con un apetito que deleitó al padre y la madre, mientras les contaban el susto que habían tenido en el bosque y hablaban todos casi al mismo tiempo. Los bonachones estaban felices de reencontrarse con sus hijos, pero la alegría duró tanto como duraron los diez escudos. Cuando se gastó todo el dinero, los volvió a invadir la tristeza y nuevamente decidieron perderlos; pero para no fracasar, los llevarían mucho más lejos que la primera vez.

No pudieron hablar de esto tan en secreto como para que no los escuchara Pulgarcito, quien decidió hacer lo mismo que en la ocasión anterior; pero, aunque se levantó de madrugada para ir a recoger los guijarros, no pudo hacerlo pues encontró la puerta cerrada con dos vueltas de llave. Estaba pensando qué hacer cuando, al dar la leñadora un pedazo de pan a cada uno como desayuno, pensó que podía usar su pan en vez de los guijarros, dejándolo caer a migajas a lo largo del camino que recorrerían. Lo guardó, pues, en el bolsillo.

El padre y la madre los llevaron al lugar más oscuro y frondoso del bosque. Apenas llegaron allí, tomaron por un sendero apartado y dejaron a los niños. Pulgarcito no se afligió mucho porque creía que podría encontrar fácilmente el camino gracias al pan que había sembrado por todos los lugares por donde había pasado; pero quedó muy sorprendido cuando no pudo encontrar ni una sola miga: habían venido los pájaros y se lo habían comido todo.

Quedaron, entonces, de lo más afligidos, pues cuanto más se extraviaban, más se adentraban en el bosque.

Cayó la noche y empezó a soplar un fuerte viento que los aterrorizaba. Por todos lados creían oír los aullidos de lobos que se acercaban para comérselos. Casi no se atrevían a hablar ni a girar la cabeza. Empezó a caer una fuerte lluvia que los caló hasta los huesos; resbalaban a cada paso y caían en el barro, de donde se levantaban enlodados y sin saber qué hacer con las manos.

Pulgarcito se trepó a la cima de un árbol para ver si descubría algo; girando la cabeza de un lado a otro, divisó una lucecita como de vela, pero que estaba lejos, al otro lado del bosque. Bajó del árbol y cuando llegó al suelo, ya no vio nada más y esto lo afligió. Sin embargo, después de caminar un rato con sus hermanos hacia donde había visto la luz, volvió a divisarla al salir del bosque.

Llegaron a la casa donde estaba la vela no sin pasar muchos sustos, pues de tanto en tanto la perdían de vista, lo que ocurría cada vez que atravesaban un bajo. Golpearon la puerta y una mujer les abrió. Les preguntó qué querían y Pulgarcito le dijo que eran unos pobres niños que se habían extraviado en el bosque y pedían albergue por caridad. La mujer, viéndolos a todos tan lindos, se puso a llorar y les dijo:

—¡Ay!, mis pobres niños, ¿dónde han venido a caer?

¿Saben ustedes que esta es la casa de un ogro que se come a los niños?

—¡Ay, señora! —respondió Pulgarcito que no paraba de temblar, igual que sus hermanos—. ¿Qué podemos hacer? Los lobos del bosque nos comerán con toda seguridad esta noche si usted no acepta cobijarnos en su casa. Siendo así, preferimos que sea el señor quien nos coma; tal vez se apiade de nosotros, si usted se lo ruega.

La mujer del ogro, que creyó poder esconderlos de su marido hasta la mañana siguiente, los dejó entrar y los llevó a calentarse cerca de un buen fuego, pues había un cordero entero asándose en un espetón para la cena del ogro.

Cuando empezaban a entrar en calor, oyeron tres o cuatro fuertes golpes en la puerta: era el ogro que regresaba. Rápidamente, la mujer hizo que los niños se escondieran bajo la cama y fue a abrir la puerta. El ogro preguntó primero si la cena estaba lista, si habían sacado vino y enseguida se sentó a la mesa. El cordero estaba aún a medio cocer, pero eso le pareció incluso mejor. Olfateaba a derecha e izquierda, diciendo que olía a carne fresca.

—Eso que huele debe ser —le dijo su mujer— el ternero que acabo de preparar.

—Te repito, huelo carne fresca —contestó el ogro mirando de reojo a su mujer—; aquí pasa algo raro.

Al decir estas palabras, se levantó de la mesa y fue directo a la cama.

—¡Ah —dijo él—, así me quieres engañar, maldita mujer! ¡No sé por qué no te como a ti también! Tienes suerte de ser una bestia vieja. Esta presa me viene muy bien para agasajar a tres ogros amigos que vendrán de visita en estos días.

Sacó a los niños de debajo de la cama, uno tras otro. Los pobres se arrodillaron pidiéndole misericordia; pero estaban ante el más cruel de los ogros quien, lejos de sentir piedad, los devoraba ya con los ojos y decía a su mujer que se convertirían en sabrosos bocados cuando ella les preparara una buena salsa.

Fue a buscar un enorme cuchillo y, mientras se acercaba a los infelices niños, lo afilaba en una piedra que llevaba en la mano izquierda. Ya había levantado a uno de ellos cuando su mujer le dijo:

—¿Qué quiere hacer a esta hora? ¿No tendrá tiempo mañana?

—Cállate —contestó el ogro—, así estarán más tiernos.

—Pero todavía tiene tanta carne —contestó la mujer—; hay un ternero, dos corderos y la mitad de un puerco.

—Tienes razón —dijo el ogro—; dales una buena cena para que no adelgacen y llévalos a acostarse.

La mujer se puso contentísima y les trajo una buena comida, pero ellos no podían tragar de puro susto. En cuanto al ogro, siguió bebiendo, encantado de tener algo tan bueno con qué agasajar a sus amigos. Bebió unos doce tragos más que de costumbre, que se le fueron un poco a la cabeza y lo obligaron a acostarse.

El ogro tenía siete hijas que eran aún muy niñas. Las pequeñas ogresas tenían todas una hermosa tez, pues se alimentaban de carne fresca, como su padre; pero tenían ojitos grises muy redondos, nariz ganchuda y boca grande con largos dientes muy afilados y separados. Aún no eran malvadas del todo, pero prometían bastante, pues ya mordían a los niños pequeños para chuparles la sangre.

Las habían acostado temprano y estaban las siete en una cama grande, cada una con una corona de oro en la cabeza. En el mismo cuarto había otra cama del mismo tamaño, en la que la mujer del ogro puso a dormir a los siete niños, después de lo cual se fue a acostar junto a su marido.

Pulgarcito, que había observado que las hijas del ogro llevaban coronas de oro en la cabeza y temía que el ogro se arrepintiera de no haberlos degollado esa misma noche, se levantó en mitad de la noche y, tras tomar los gorros de sus hermanos y el suyo, fue con sigilo a colocarlos en las cabezas de las siete hijas del ogro, después de haberles quitado sus coronas de oro, que colocó en las cabezas de sus hermanos y en la propia para que el ogro los tomase por sus hijas, y a sus hijas por los niños que quería degollar. La cosa resultó tal como había pensado; pues el ogro, habiéndose despertado a medianoche, se arrepintió de haber dejado para el día siguiente lo que podría haber hecho en la víspera. Se levantó, pues, bruscamente de la cama y, cogiendo su enorme cuchillo, dijo:

—Vamos a ver cómo están estos pícaros; no lo dejemos para otra vez.

Subió entonces al cuarto de sus hijas y se acercó a la cama donde estaban los niños; todos dormían menos Pulgarcito, que tuvo mucho miedo cuando sintió la mano del ogro que le tanteaba la cabeza, como había hecho con sus hermanos. El ogro, que sintió las coronas de oro, dijo:

—Verdaderamente, ¡buena faena habría hecho! Veo que anoche bebí demasiado.

Fue enseguida a la cama de las niñas donde, tras tocar los gorros de los niños, exclamó:

—¡Ah! ¡Aquí están nuestros mozuelos!, trabajemos con coraje.

Diciendo estas palabras, degolló sin vacilar a sus siete hijas. Muy satisfecho después de esta expedición, volvió a acostarse junto a su mujer.

Apenas Pulgarcito oyó los ronquidos del ogro, despertó a sus hermanos y les dijo que se vistieran rápido y lo siguieran. Bajaron muy despacio al jardín y saltaron los muros. Corrieron casi toda la noche, tiritando siempre y sin saber a dónde se dirigían.

El ogro, al despertar, dijo a su mujer:

—Sube a preparar a esos chiquillos de anoche.

Muy sorprendida quedó la ogresa ante la bondad de su marido sin sospechar de qué manera entendía él que los preparara y, creyendo que le ordenaba vestirlos, subió, y cuál no sería su asombro al ver a sus siete hijas degolladas y nadando en su propia sangre.

Empezó por desmayarse (que es lo primero que hacen casi todas las mujeres en circunstancias parecidas). El ogro, temiendo que la mujer tardara demasiado tiempo en realizar la tarea que le había encomendado, subió a ayudarla. Su asombro no fue menor que el de su mujer cuando vio este horrible espectáculo.

—¡Ay! ¿Qué he hecho? —exclamó—. ¡Me la pagarán estos desgraciados, y en el acto!

Echó un tazón de agua en la nariz de su mujer, haciéndola volver en sí, y le dijo:

—Dame pronto mis botas de siete leguas para ir a agarrarlos.

Se puso en campaña, y después de recorrer la comarca en distintas direcciones, tomó finalmente el camino por donde iban los pobres niños, que estaban a solo cien pasos de la casa de su padre. Vieron al ogro ir de montaña en montaña y atravesar ríos con tanta facilidad como si se tratara de arroyuelos. Pulgarcito, que descubrió una roca hueca cerca de donde estaban, hizo entrar a sus hermanos y se metió él también, sin perder de vista lo que hacía el ogro. Este, que estaba agotado de tanto caminar inútilmente (pues las botas de siete leguas son harto cansadoras), quiso descansar y, por casualidad, fue a sentarse sobre la roca donde se habían escondido los niños.

Como no podía más de cansancio, se durmió después de reposar un rato y se puso a roncar en forma tan espantosa que los niños se asustaron tanto como cuando sostenía el enorme cuchillo para cortarles el pescuezo. Pulgarcito sintió menos miedo y dijo a sus hermanos que huyeran deprisa a casa mientras el ogro dormía profundamente y que no se preocuparan por él. Le obedecieron y partieron raudos a casa.

Pulgarcito, acercándose al ogro, le sacó suavemente las botas y se las puso enseguida. Las botas eran muy anchas y grandes, pero como eran mágicas, tenían el don de adaptarse al tamaño de quien las calzara, de modo que se ajustaron a sus piernas como si hubiesen sido hechas a su medida.

Partió derecho a casa del ogro donde encontró a su mujer que lloraba junto a sus hijas degolladas.

—Su marido —le dijo Pulgarcito— está en grave peligro; ha sido capturado por una banda de ladrones que han jurado matarlo si no les entrega todo su oro y su plata. En el momento en que lo tenían con el puñal al cuello, me divisó y me pidió que viniera a advertirle del estado en que se encuentra, y a decirle que me diera todo lo que tuviera disponible en la casa, sin guardar nada, porque de otro modo lo matarán sin misericordia. Como el asunto apremia, quiso que me pusiera sus botas de siete leguas para cumplir con su encargo y para que usted no crea que estoy mintiendo.

La buena mujer, asustadísima, le dio en el acto todo lo que tenía: pues este ogro no dejaba de ser buen marido, aun cuando se comiera a los niños. Pulgarcito, cargado con todas las riquezas del ogro, volvió a la casa de su padre donde fue recibido con la mayor alegría.

Hay muchos que no están de acuerdo con esta última circunstancia y sostienen que Pulgarcito jamás cometió ese robo; que, por cierto, no tuvo ningún escrúpulo en quitarle las botas de siete leguas al ogro porque este las usaba solamente para perseguir a los niños. Estos aseguran saberlo de buena fuente, hasta dicen que por haber estado comiendo y bebiendo en casa del leñador. Aseguran que cuando Pulgarcito se calzó las botas del ogro, partió a la corte, donde sabía que estaban pre-ocupados por la suerte de un ejército que se hallaba a doscientas leguas y por el éxito de una batalla que se había librado. Cuentan que fue a ver al rey y le dijo que si lo deseaba, él le traería noticias del ejército esa misma tarde. El rey le prometió una cuantiosa canti-dad de dinero si cumplía con lo prometido. Pulgarcito trajo las noticias esa misma tarde y, habiéndose dado a conocer por este primer encargo, ganó todo lo que quiso, pues el rey le pagaba generosamente por trans-mitir sus órdenes al ejército. Además, una cantidad de damas le daban lo que él pidiera por traerles noticias de sus amantes, lo que le proporcionaba sus mayores ganancias.

Otras mujeres le encargaban cartas para sus maridos, pero le pagaban tan mal y representaba tan poca cosa, que ni se dignaba tomar en cuenta lo que ganaba por ese lado.

Después de dedicarse durante algún tiempo al oficio de correo y de amasar grandes bienes, regresó a casa de su padre, donde la alegría de volver a verlo fue indescriptible. Estableció a su familia con las mayores comodidades. Compró cargos recién creados para su padre y sus hermanos y así fue colocándolos a todos, formando a la vez con habilidad su propia corte.

LA BELLA DURMIENTE

Érase una vez un rey y una reina, cuya tristeza porque no tenían hijos era tal que no puede expresarse en palabras. Fueron a beber todas las aguas del mundo, hicieron votos, emprendieron peregrinaciones, pero nada parecía resultar. Sin embargo, finalmente la reina quedó embarazada y dio a luz una niña. Se organizó un espléndido bautismo y fueron madrinas de la princesita todas las hadas que se pudieron hallar en el reino (se encontraron siete), para que cada una de ellas le concediera un don, como era costumbre entre las hadas en aquel entonces. De esta forma, tuvo la princesa todas las perfecciones imaginables.

Después de la ceremonia de bautismo, todos fueron a palacio, en donde se había dispuesto un gran festín para las hadas. Delante de cada una se puso un magnífico cubierto con un estuche de oro macizo en el que había una cuchara, un tenedor y un cuchillo de oro fino, guarnecido de diamantes y rubíes. Pero, cuando se estaban sentando a la mesa, vieron entrar un hada vieja que no había sido invitada porque hacía más de cincuenta años no salía de una torre y se la creía muerta o encantada.

Mandó el rey que le pusieran cubierto, pero no hubo medio de darle un estuche de oro macizo como a las otras porque solo se habían encargado siete para las siete hadas. Creyó la vieja que se la despreciaba y gruñó entre dientes algunas amenazas. Una de las hadas jóvenes que estaba a su lado la oyó y, temiendo que concediese algún don dañino a la princesita, en cuanto se levantaron de la mesa fue a esconderse detrás de un tapiz para ser la última en hablar y poder reparar, en la medida posible, el daño que hiciera la vieja.

Comenzaron entonces las hadas a conceder sus dones a la princesa. La más joven dijo que sería la mujer más hermosa del mundo; la que la siguió añadió que tendría el alma de un ángel; la tercera, que tendría una gracia admirable en cuanto hiciere; según la cuarta, bailaría a la perfección; cantaría como un ruiseñor, según la quinta; y, según la sexta, tocaría con extrema perfección todos los instrumentos. Llego el turno del hada vieja, que dijo, temblándole la cabeza por el despecho más que por la vejez, que la princesa se lastimaría la mano con un huso y moriría de la herida.

Este terrible don estremeció a todos y no hubo quien no llorase. Entonces salió de detrás del tapiz el hada joven y, dirigiéndose al rey y la reina, pronunció estas palabras:

—No teman, su hija no morirá de la herida. Es verdad que mi poder no alcanza para deshacer del todo lo que ha hecho mi compañera: la princesa se lastimará la mano con un huso pero, en vez de morir, caerá en un sueño tan profundo que durará cien años, al cabo de los cuales vendrá a despertarla el hijo de un rey.

Para evitar la desgracia anunciada por la vieja, el rey mandó publicar un edicto por el que se prohibía hilar con huso, así como guardar husos en las casas, bajo pena de muerte.

Transcurrieron quince o dieciséis años, y cierto día el rey y la reina fueron a uno de sus palacios de descanso. Sucedió que, corriendo por el castillo, la joven princesa subió de cuarto en cuarto hasta lo alto de una torre y fue a dar a un pequeño desván en donde había una vieja que estaba ocupada en hilar en una rueca. No había oído hablar de la prohibición del rey de hilar con huso.

—¿Qué hace usted, buena señora? —le preguntó la princesa.

—Estoy hilando, hermosa niña —le contestó la vieja, que no conocía a la interlocutora.

—¡Qué bonito es! —exclamó la princesa—. ¿Cómo se hace? Démelo, que quiero ver si puedo hacerlo como usted.

Como era muy vivaracha, algo atolondrada y, además, el decreto de las hadas así lo ordenaba, en cuanto tomó el huso se lastimó con él la mano y cayó desmayada.

La pobre vieja, angustiada, comenzó a dar voces pidiendo socorro. De todas partes acudieron, echaron agua a la cara de la princesa, le desabrocharon el vestido, le dieron golpes en las manos, le frotaron las sienes con agua de la reina de Hungría, pero nada hizo que volviera en sí.

Entonces el rey, que al oír el alboroto había subido al desván, recordó la predicción de las hadas y, juzgando que lo sucedido era inevitable, puesto que aquellas lo habían dicho, dispuso que llevaran a la princesa a la habitación más hermosa del palacio y la acostaran en una cama preparada con bordados de oro y plata. Tan hermosa estaba que parecía un ángel, pues el desmayo no había borrado el vivo color de su tez: tenía las mejillas sonrosadas y labios de coral. Solo tenía los ojos cerrados pero se la oía respirar suavemente, lo que indicaba que no estaba muerta.

El rey ordenó que la dejaran dormir tranquila hasta que sonara la hora de su despertar. El hada buena que le había salvado la vida condenándola a dormir cien años estaba en el reino de Mataquín, a unas doce mil leguas de allí, cuando ocurrió el accidente de la princesa; pero se enteró en un instante por conducto de un enanito que calzaba botas de siete leguas (con las que se podía recorrer siete leguas en un solo paso). Se puso en marcha de inmediato y, al cabo de una hora, se la vio llegar en un carro de fuego tirado por dragones. Fue el rey a ofrecerle la mano para que bajara del carro. El hada aprobó todo cuanto este había hecho pero, como era en extremo previsora, le dijo que cuando la princesa despertara estaría muy perpleja de encontrarse sola en un castillo tan grande. He aquí lo que hizo: a excepción del rey y la reina, tocó con su varita a todos los que se encontraban en el castillo, ayas, damas de honor, camareras, gentilhombres, oficiales, mayordomos, cocineros, marmitones, recaderos, guardias, suizos, pajes y lacayos; también tocó los caballos que había en las cuadras y a los palafreneros, a los enormes mastines del patio inferior y a la diminuta Pouffle, perrita de la princesa que estaba con ella en la cama. Apenas los tocó, todos se durmieron para no despertar hasta que despertara su dueña, con lo cual estarían dispuestos a servirla cuando lo necesitara. Se durmieron los asadores que estaban en la lumbre llenos de perdices y de faisanes, y también quedó dormido el fuego. Todo esto ocurrió en un momento, pues las hadas eran muy expeditivas.

Entonces el rey y la reina, después de besar a su querida hija sin que despertara, salieron del castillo y mandaron publicar un edicto por el que se prohibía que persona alguna se acercara al edificio. No era necesaria la prohibición, pues en quince minutos brotaron y crecieron en número extraordinario árboles grandes y pequeños, zarzas y espinos entrelazados, de tal manera que ningún hombre ni animal habría podido pasar. De esta forma, solo se veía lo alto de las torres del castillo, y aun así desde muy lejos. Nadie dudó de que el hada había echado mano de todo su poder para que la princesa, mientras durmiera, nada tuviese que temer de los curiosos.

Al cabo de cien años, el hijo del monarca que reinaba entonces, perteneciente a una dinastía distinta a la de la princesa dormida, fue a cazar por aquellos parajes y preguntó qué eran las torres que veía en medio del frondoso bosque. Cada uno le contestó según había oído: unos dijeron que aquello era un viejo castillo poblado de almas en pena y otros que todas las brujas de la comarca organizaban allí sus aquelarres. Según la opinión más generalizada, moraba en él un ogro que se llevaba al castillo todos los niños que lograba capturar para comerlos con tranquilidad y a salvo de perseguidores, puesto que solo él tenía el poder para abrirse paso entre la maleza.

El príncipe no sabía a quién dar crédito, cuando un viejo campesino le dijo:

—Príncipe mío: hace más de cincuenta años oí contar a mi padre que en aquel castillo estaba la más bella princesa del mundo, que debía dormir cien años, y que la despertaría el hijo de un rey, a quien estaba reservada.

Al escuchar estas palabras el joven príncipe se sintió enardecido; no dudó que daría fin a aventura tan llena de encantos. Impulsado por el amor y la gloria, resolvió confirmar la historia él mismo. Apenas se adentró en el bosque, los enormes árboles, las zarzas y los espinos se separaron para abrirle paso. Caminó hacia el castillo, que veía al final de una larga alameda, en la que se adentró, quedando muy sorprendido al observar que su comitiva no había podido seguirlo porque los árboles se habían vuelto a cerrar a su paso. No por eso se detuvo: un príncipe joven y enamorado siempre es valiente. Se encontró en una gran explanada, en la que todo lo que llegaba a divisar helaba la sangre de miedo. El silencio era espantoso: la imagen de la muerte se presentaba por doquier; solo se veían cuerpos de hombres y animales que parecían muertos. Sin embargo, al contemplar las narices bulbosas y los rostros enrojecidos de los suizos, comprendió que solo estaban dormidos; además, los vasos, en los que todavía había restos de vino, indicaban que se habían dormido bebiendo.

Atravesó un gran patio de mármol, subió la escalera y entró en la sala de los guardias, que estaban en fila con el arcabuz al hombro y roncando ruidosamente. Cruzó varios aposentos llenos de gentiles hombres y de damas, de pie los unos, sentados los otros, pero todos dormidos. Entró en una cámara completamente dorada y vio en una cama, cuyos cortinajes estaban abiertos, el más hermoso espectáculo que a su mirada se hubiera presentado: una princesa, que parecía tener entre quince y dieciséis años, y cuya deslumbradora belleza tenía algo de luminoso y divino. Se aproximó a ella temblando y admirándola y se arrodilló a su lado.

Entonces, como había llegado el fin del encantamiento, la princesa despertó. Mirándolo con el amor que podía alcanzarse en una primera mirada, le dijo:

—¿Es usted, príncipe mío? ¡Cuánto se ha hecho esperar!

El príncipe, encantado por estas palabras y más aun por la manera como fueron dichas, no sabía cómo expresar su alegría y agradecimiento y le aseguró que la amaba más que a sí mismo. Ambos pronunciaron palabras mal hilvanadas, que no por eso resultaron menos atractivas, pues poca elocuencia es señal de mucho amor. El príncipe estaba más confundido que la princesa, cosa que no ha de sorprender, pues ella había tenido tiempo de pensar en lo que le diría; se supone (aunque nada de ello indique la historia), que el hada buena le había procurado el placer de agradables sueños durante el prolongado período que estuvo dormida. Hablaron durante cuatro horas y no se dijeron la mitad de las cosas que querían decirse.

Mientras tanto, todo el palacio despertó junto a la princesa: cada cual pensó en cumplir con sus deberes aunque, como no todos estaban enamorados, solo podían pensar en comer. La dama de honor, hambrienta como las demás, se impacientó y dijo en voz alta a la princesa que la comida estaba servida. El príncipe la ayudó a levantarse. Estaba magníficamente ataviada, pero evitó decirle que estaba vestida como su abuela y que el cuello levantado que vestía había pasado de moda. De todas formas, nada de ello hacía que fuera menos bella.

Pasaron a un salón con espejos donde cenaron servidos por los oficiales de la princesa. Los violines y oboes entonaron piezas antiguas, pero excelentes, por más que hiciera prácticamente cien años que nadie las tocaba y, después de la cena y sin perder tiempo, los casó el capellán de honor en la capilla del castillo, tras lo cual la dama de honor les preparó los aposentos. Durmieron poco porque la princesa no tenía sueño, y el príncipe partió por la mañana para la ciudad, donde su padre debía estar preocupado por su ausencia.

El príncipe le dijo que cazando se había perdido en el bosque y había pasado la noche en la choza de un carbonero que le había dado pan negro y queso para cenar. El rey su padre, que era muy bonachón, le creyó, pero no así su madre que, viendo que casi todos los días iba a cazar y que siempre tenía una excusa a mano cuando pasaba fuera dos o tres noches, no dudó que tenía una querida. El príncipe vivió con la princesa más de dos años y tuvo con ella dos hijos: la primera, una niña llamada Aurora, y el segundo, un niño llamado Día, porque era más hermoso que su hermana.

Para que su hijo le revelara su secreto, la reina le dijo varias veces que en la vida había que aprender a conformarse; el príncipe no se atrevió a confiárselo porque, aunque la quería, le temía por proceder de raza de ogros, a pesar de lo cual el rey se había casado con ella porque su fortuna era grande. Además se murmuraba en la corte, pero en voz muy baja, que tenía las inclinaciones de los ogros y que, al ver pasar a los niños pequeños, con mucha dificultad lograba contener el deseo de devorarlos: por este motivo el príncipe optó por no contarle nada.

Pero al cabo de dos años murió el rey y el príncipe, que lo sucedió en el trono, anunció públicamente su matrimonio y fue con gran ceremonia a buscar a la reina su esposa a su castillo. La recepción que le hicieron en la capital, cuando se presentó en medio de sus dos hijos, fue magnífica.

Algún tiempo después, el príncipe fue a batallar contra su vecino, el emperador Cantalabutte. Confió la regencia a la reina madre y le recomendó mucho a su mujer y a sus hijos: la guerra duraría todo el verano; apenas partió, la reina madre envió a su nuera y sus nietos a una casa de campo en el bosque para poder satisfacer con mayor libertad sus horribles apetitos. Algunos días después fue a la casa de campo y una noche dijo a su mayordomo:

—Mañana me quiero comer a la pequeña Aurora para la cena.

—¡Ah!, señora... —exclamó el mayordomo.

—Es lo que quiero —contestó la reina (con tono de ogresa que desea devorar carne fresca)—, y quiero comerla con salsa Robert.

El pobre hombre, que comprendió que no había que andarse con bromas con una ogresa, tomó un enorme cuchillo y subió al cuarto de la pequeña Aurora. Tenía entonces cuatro años y al verle corrió hacia él saltando y, riendo, lo abrazó y le pidió un caramelo. El mayordomo se puso a llorar, se le cayó el cuchillo y bajó al patio de armas, donde degolló un cordero que aderezó con una salsa tan deliciosa que la reina le dijo que nunca había comido cosa mejor. Al mismo tiempo el mayordomo llevó la pequeña Aurora a su mujer para ocultarla en su casa, que estaba situada a un extremo del patio de armas.

Ocho días después, la malvada reina dijo a su mayordomo:

—Para la cena quiero comerme al pequeño Día.

El mayordomo no contestó porque ya había decidido engañarla como la otra vez. Fue en busca del pequeño Día y lo encontró portando un pequeño florete con el que practicaba esgrima con un mono grande: y eso que el niño tenía tan solo tres años. Lo llevó a su mujer, que lo ocultó junto con Aurora y en su lugar sirvió un cabrito muy tierno, que la ogresa encontró delicioso.

Todo había marchado perfectamente hasta que una tarde la malvada ogresa dijo al mayordomo:

—Quiero comerme a la reina aderezada con la misma salsa que a sus hijos.

El pobre hombre tuvo miedo de no poder volver a engañarla. La joven reina tenía más de veinte años, sin contar los cien que había pasado durmiendo: tenía la piel un poco dura, aunque fuera bella y blanca. ¿Cómo encontraría, en el corral, un animal cuya carne fuera tan dura como la de la reina? Para salvar su vida, decidió degollarla y subió a su cuarto con la intención de realizar su propósito. Enceguecido por la emoción, entró, puñal en mano, en el cuarto de la joven reina. Sin embargo, no quiso tomarla por sorpresa y, con mucho respeto, le dijo cuál era la orden que había recibido de la reina madre.

—Cumpla con su deber —contestó ella, tendiéndole el cuello—; ejecute la orden que le han dado y volveré a ver a mis hijos, a mis pobres hijos, a quienes tanto amaba.

Desde que se los habían quitado sin decirle nada, la reina los creía muertos.

—¡No, no, señora! —exclamó el pobre mayordomo muy conmovido—; no morirá usted, pero no por eso dejará de ver a sus hijos, pues los verá en mi casa, donde los he ocultado; y de nuevo engañaré a la reina sirviéndole una gama en su lugar.

La llevó entonces a su habitación y la dejó que besara a sus hijos y confundiera sus lágrimas con las suyas, mientras él se fue a guisar la gama, que la ogresa se comió para la cena con el mismo apetito que si hubiese sido la reina. Estaba muy satisfecha de su crueldad y se disponía a decir al rey, cuando regresara, que unos lobos rabiosos se habían comido a su mujer y sus hijos.

Una noche que, según costumbre, deambulaba por los distintos patios del castillo olfateando carne fresca, oyó que el pequeño Día lloraba en una sala baja porque su madre quería pegarle por haberse portado mal; también oyó la vocecita de Aurora, que pedía perdón para su hermano. La ogresa reconoció la voz de la reina y sus hijos y, furiosa de haber sido engañada y con una voz tan espantosa que hizo temblar a todo el mundo, ordenó que al amanecer del día siguiente pusieran en medio del patio un gran tonel que hizo llenar de sapos, víboras, culebras y serpientes para arrojar en él a la reina, sus hijos y al mayordomo, su mujer y su criada. Ordenó además que los trajeran con las manos atadas a la espalda.

Allí estaban, y los verdugos se disponían a echarlos al tonel, cuando el rey, a quien no se esperaba tan pronto, entró de repente a caballo. Había corrido mucho y preguntó muy extrañado qué significaba aquel horrible espectáculo. Nadie se atrevía a contestarle, cuando la ogresa, furiosa al ver lo que pasaba, se arrojó ella misma de cabeza al tonel y en un instante fue devorada por los bichos inmundos que había mandado echar dentro. El rey no dejó de sentir disgusto, pues era su madre, pero pronto se consoló con su hermosa mujer y sus hijos.

CENICIENTA
o
LA ZAPATILLA DE CRISTAL

Érase una vez un gentilhombre que se casó en segundas nupcias con la mujer más orgullosa y altanera que jamás se haya visto. Esta tenía dos hijas de igual talante y que en todo se le asemejaban. Por su parte, el esposo tenía una joven hija, de singular dulzura y bondad, cualidades heredadas de su madre, que había sido buena entre las buenas.

Apenas celebradas las bodas, la madrastra dio rienda suelta a su mal humor porque no podía soportar las cualidades de la joven, que resaltaban la impresión desagradable que causaban sus hijas. Le encargó las tareas más viles de la casa: debía fregar los platos y lavar las escaleras, barría los cuartos de la señora y de sus hijas.

Dormía en el ático, en un desván, sobre un mal lecho de paja, mientras sus hermanas tenían habitaciones con piso de parquet, las camas más modernas y espejos en los que se veían de la cabeza a los pies. La desdichada sufría con paciencia y no osaba quejarse con su padre, quien la hubiera reñido, pues estaba dominado por su mujer.

Cuando había terminado las labores iba a un rincón del hogar y se sentaba sobre la ceniza, por lo que la llamaban *Culicenizas*. La hermana menor, que no era tan mala como la mayor, la llamaba *Cenicienta*. A pesar de todo y con su ropa vieja, Cenicienta era cien veces más hermosa que sus hermanas, sin importar cuán magníficos fueran sus vestidos.

Sucedió entonces que el hijo del rey dio un baile al que invitó a todas las personas distinguidas. También fueron invitadas las dos señoritas de la casa, que figuraban en primera línea entre las de aquel país. Estas se ocuparon muy contentas de escoger los vestidos y sombreros que mejor les sentarían. Malas noticias para Cenicienta: era ella quien planchaba la ropa de sus hermanas y les aderezaba las mangas. Solo se hablaba de la ropa que se pondrían.

—Yo —dijo la mayor— me pondré el vestido de terciopelo rojo y mi alhaja de Inglaterra.

—Yo —añadió la menor— llevaré las faldas de todos los días pero, en cambio, me pondré mi manto recamado de flores de oro y la pechera de diamantes, que no tiene igual.

Mandaron llamar a una buena peinadora para que les hiciera el peinado de moda y enviaron por lunares a la tienda donde mejor los fabricaban. Llamaron a Cenicienta para pedirle su opinión, porque su gusto era exquisito. Esta les dio excelentes consejos y hasta se ofreció para peinarlas, lo que aceptaron de buena gana.

Mientras las estaba peinando, le dijeron:

—Cenicienta, ¿te gustaría ir al baile?

—¡Ay, señoritas, se burlan ustedes de mí! Eso no es para mí.

—Tienes razón: ¡cómo se reirían de ver a una Culicenizas en el baile!

Otra que no hubiese sido Cenicienta, las habría peinado mal; pero era buena y las peinó a la perfección. Estuvieron casi dos días sin comer, tanta era su alegría. Más de doce lazos se rompieron a fuerza de cinchar para afinarles la talla y se pasaron todo el tiempo frente al espejo.

Por fin llegó el tan deseado día; las hermanas partieron para el baile y Cenicienta las siguió con la mirada hasta perderlas de vista. Cuando desaparecieron se puso a llorar. Su madrina, al verla deshecha en llantos, le pregunto qué le pasaba.

—Quisiera... quisiera...

Lloraba tanto que no podía terminar de hablar. La madrina, que era hada, le dijo:

—Deseas ir al baile, ¿no es cierto?

—¡Ah!, sí —contestó Cenicienta, suspirando.

—Si te portas bien —le dijo la madrina—, haré que vayas al baile.

La llevó a su cuarto y le dijo:

—Ve al jardín y tráeme una calabaza.

Cenicienta fue enseguida a buscarla y entregó a la madrina la mejor que encontró, sin lograr adivinar qué tenía que ver la calabaza con la ida al baile. La madrina la vació y, cuando solo quedaba la corteza, la golpeó con su varita, con lo que la calabaza se transformó en una magnífica carroza dorada.

Luego fue a revisar la ratonera, donde halló seis ratones, todos vivos. Dijo a Cenicienta que levantara la trampa de la ratonera y tocó con su varita cada ratón que fue saliendo, a lo que se fueron convirtiendo en soberbios caballos, con lo que se reunió un magnífico tiro de seis tordillos de un hermoso color gris ratón.

Como a la madrina le costaba encontrar algo para convertir en cochero, Cenicienta dijo:

—Veré si ha caído alguna rata en la trampa y la convertiremos en cochero.

—Buena idea —le contestó—. Ve a ver.

Cenicienta volvió con la ratonera, en la que había tres grandes ratas. El hada eligió una de las tres, dándole preferencia por su tupida barba y, tras tocarla con la varita, la transformó en un fornido cochero con los bigotes más hermosos que jamás se hayan visto.

Luego le dijo:

—Ve al jardín y tráeme los seis lagartos que encontrarás detrás de la regadera.

Así lo hizo y en el acto la madrina convirtió los lagartos en seis lacayos de librea, que inmediatamente subieron a la parte trasera de la carroza, manteniéndose firmes como si en su vida hubiesen hecho otra cosa.

El hada dijo entonces a Cenicienta:

—¡Vaya!, ya tienes lo necesario para ir al baile. ¿Estás contenta?

—Sí, madrina, pero ¿iré al baile vestida así, con estos harapos?

La madrina la tocó con la varita y al instante sus ropas se convirtieron en vestidos de oro y seda recamados de pedrería. Luego le dio un par de zapatillas de cristal, las más lindas del mundo. Subió entonces Cenicienta a la carroza y su madrina le recomendó, haciendo mucho hincapié, que se fuera del baile antes de la medianoche, advirtiéndole que si se quedaba un momento más la carroza volvería a convertirse en calabaza, los caballos en ratones, los lacayos en lagartos y sus hermosos vestidos volverían a su forma original.

Prometió a la madrina que se retiraría del baile antes de la medianoche y partió llena de alegría. Dieron aviso al hijo del rey de que acababa de llegar una gran princesa desconocida y este corrió a recibirla. Le dio la mano para que bajara de la carroza y la condujo al salón donde estaban los invitados. A su entrada se produjo un gran silencio, todos dejaron de bailar y pararon los violines; todo el mundo contemplaba con suma atención la belleza de la desconocida. Solo se oía un confuso murmullo:

—¡Qué hermosa es!

El propio rey, a pesar de su vejez, no dejaba de mirarla y de repetir en voz baja a la reina que hacía mucho tiempo que no veía una mujer tan bella y afable. Todas las damas estaban absortas contemplando el tocado y el vestido con el propósito de mandar a hacer unos iguales al día siguiente, siempre que consiguieran encontrar telas tan hermosas y modistas igualmente hábiles.

El hijo del rey la llevó al puesto más distinguido y luego la invitó a bailar. Cenicienta bailó con tanta gracia que la admiraron aún más. Se sirvió un espléndido refrigerio, que el joven príncipe ni probó, pues solo estaba pendiente de ella. Cenicienta fue a sentarse cerca de sus hermanas, con quienes fue muy amable, convidándolas con las naranjas y limones que el príncipe le había ofrecido, lo que las dejó asombradas porque no la reconocían.

Cuando Cenicienta oyó que el reloj daba las doce menos cuarto, hizo una gran reverencia a los asistentes y se fue tan deprisa como pudo. En cuanto llegó a su casa fue a buscar a la madrina y, después de darle las gracias, le dijo que quería volver al baile el día siguiente, porque el hijo del rey se lo había rogado. Mientras estaba contando a la madrina todo lo que había ocurrido, las dos hermanas llamaron a la puerta. Cenicienta fue a abrir y les dijo, bostezando:

—¡Cuánto tardaron en volver!

Al mismo tiempo se frotaba los ojos y se desperezaba

como si acabara de despertar, aunque no hubiese ni pensado en dormir desde que se habían separado. Una de sus hermanas exclamó:

—Si hubieras ido al baile no te habrías aburrido, pues fue una princesa, la más hermosa que jamás se haya visto; se deshizo en atenciones con nosotras y nos regaló naranjas y limones.

Cenicienta no cabía en sí de gozo. Preguntó a las hermanas el nombre de la princesa y le contestaron que nadie lo sabía. Añadieron que esto hacía sufrir mucho al hijo del rey, que daría cualquier cosa por saber su nombre. Cenicienta sonrió y les preguntó:

—¿Era muy bella? Dios mío, ¡qué suerte han tenido! Ojalá también yo pudiera verla. Por favor, señorita Javotte, présteme su vestido amarillo, el que se pone todos los días.

—¡Pero, claro! ¡Voy a prestarle mi vestido a una Culicenizas como tú! Ni que estuviera loca.

Cenicienta contaba con esta negativa, que no le importó, pues no habría sabido qué hacer si su hermana le hubiera prestado el vestido.

Al día siguiente, las dos hermanas fueron al baile y también fue Cenicienta, pero más engalanada que la primera vez. El hijo del rey no se apartó de su lado y no dejó de hablarle con galanura. La joven le prestaba atención con gusto, al punto que olvidó las recomendaciones de su madrina y, cuando sonó la primera campanada de medianoche, creyó que no eran ni las once. Se levantó y huyó con la agilidad de una gama. El príncipe la siguió, pero no pudo alcanzarla. En la huida perdió una de las zapatillas de cristal, que el príncipe recogió con cuidado. Cenicienta llegó a su casa sin aliento, sin carroza, sin lacayos y con su fea ropa, de su elegancia anterior solo le quedaba una de las zapatillas, igual a la que había perdido. Preguntaron a los guardias de la puerta del palacio si habían visto salir a una princesa, quienes contestaron que solo habían visto salir a una joven muy mal vestida, más parecida a una campesina que a una señorita.

Cuando las dos hermanas regresaron del baile, Cenicienta les preguntó si se habían vuelto a divertir y si la hermosa princesa había asistido. Estas le contestaron que sí, pero que había huido al dar la medianoche, con tanta prisa que se le había caído una de sus zapatillas de cristal, que era la más linda del mundo. El hijo del rey la había recogido y hasta acabar el baile no había hecho otra cosa que mirarla, lo que demostraba que estaba enamorado de la dueña de la pequeña zapatilla.

No se equivocaban, pues a los pocos días el hijo del rey mandó anunciar, a son de trompeta, que se casaría con aquella a cuyo pie se calzase exactamente en la zapatilla. Se comenzó por probarla en las princesas, luego las duquesas y después a toda la corte. La llevaron a casa de las dos hermanas, que hicieron todo lo posible para que su pie entrara en la chinela, pero sin lograrlo. Cenicienta, que las estaba mirando, reconoció su chinela y les dijo riendo:

—Déjenme ver si me calza.

Las hermanas se rieron a carcajadas y se burlaron de ella. El gentilhombre que probaba la zapatilla, tras observar con atención a Cenicienta y ver que era muy bella, dijo que lo que quería era muy justo y que tenía orden de probar la zapatilla a todas las jóvenes. Hizo sentar a Cenicienta y, acercando la zapatilla a su piecito, notó que le entraba sin dificultad y le calzaba como si se hubiera amoldado en cera. Grande fue el asombro de las hermanas, pero quedaron aún más sorprendidas cuando Cenicienta sacó del bolsillo la otra zapatilla, que se calzó. En esto llegó la madrina, que tocó con su varita el vestido de Cenicienta y lo convirtió en un atuendo incluso más magnífico que los anteriores.

Fue entonces que las dos hermanas se dieron cuenta de que era la hermosa joven que habían visto en el baile. Se arrojaron a sus pies para pedirle perdón por los malos tratos que le habían hecho padecer. Cenicienta las levantó y les dijo, abrazándolas, que las perdonaba con toda sinceridad y les rogó que siempre la quisieran. Vestida como estaba, la llevaron al palacio del joven príncipe, que la encontró más hermosa que antes y se casó con ella a los pocos días. Cenicienta, que era tan buena como bella, mandó que sus dos hermanas se alojaran en palacio y, ese mismo día, las casó con dos grandes señores de la corte.

EL GATO CON BOTAS

Un molinero dejó por única herencia a sus tres hijos un molino, un burro y un gato. El reparto fue muy simple. No fue necesario llamar al abogado ni al notario, que habrían consumido el magro patrimonio. El mayor recibió el molino, el segundo se quedó con el burro y al menor solo le tocó el gato.

Este se lamentaba de su mísera herencia y:

—Mis hermanos —decía— podrán ganarse la vida honestamente trabajando juntos. En cambio, después de comerme el gato y de hacerme un manguito con su piel, me moriré de hambre.

El Gato, que escuchaba lo que decía su amo pero se hacía el distraído, le dijo en tono serio y pausado:

—No se aflija, mi amo. Solo deme una bolsa y un par

de botas para andar entre los matorrales y ya verá que su herencia no es tan pobre como piensa.

Aunque el amo no abrigara grandes ilusiones al respecto, había visto al gato dar tantas muestras de agilidad para cazar ratas y ratones, como colgarse de las patas traseras o esconderse en la harina haciéndose el muerto, que no desesperó de verse socorrido por él en su miseria.

Cuando el gato tuvo lo que había pedido, se calzó las botas y, echándose la bolsa al cuello, tomó los cordones de esta con las patas delanteras y se dirigió a un campo donde había muchos conejos. Puso salvado y hierbas en el saco y, tendiéndose en el suelo como si estuviera muerto, aguardó a que algún conejito, poco instruido en las astucias de este mundo, viniera a meter el hocico en la bolsa para comer lo que había dentro.

Apenas se recostó, se vio satisfecho. Un atolondrado conejito se metió en el saco y maese Gato, tirando de los cordones de la bolsa, lo atrapó y mató sin misericordia.

Muy ufano con su presa, fue a ver al rey y pidió hablar con él. Lo hicieron subir a los aposentos de su majestad donde, al entrar, le hizo una gran reverencia y le dijo:

—He aquí, señor mío, un conejo de campo que el señor marqués de Carabás (era el nombre que inventó para su amo) me ha encargado obsequiarle de su parte.

—Dile a tu amo —respondió el rey— que le doy las gracias y que su obsequio mucho me complace.

Tiempo después, se ocultó en un trigal, dejando siempre el saco abierto. Cuando entraron dos perdices, tiró de los cordones y las cazó. Fue enseguida a ofrendarlas al rey, como había hecho con el conejo de campo. El rey recibió también con agrado las perdices y ordenó que le dieran de beber.

Durante dos o tres meses el Gato siguió llevando de vez en cuando al rey los frutos de la caza de su amo. Un día supo que el rey iría a pasear a orillas del río con su hija, la princesa más hermosa del mundo, y le dijo a su amo:

—Si decide usted seguir mi consejo, su fortuna está hecha: vaya a bañarse al río, en el sitio que le indicaré, y déjeme hacer mi parte.

El marqués de Carabás hizo lo que su gato le aconsejó, sin saber cuál era su finalidad. Mientras se estaba bañando, el rey pasó por ahí, y el Gato se puso a gritar con todas sus fuerzas:

—¡Socorro, socorro! ¡El señor marqués de Carabás se está ahogando!

Al oír el grito, el rey asomó la cabeza por la portezuela y, reconociendo al Gato, que tantas veces le había llevado piezas de caza, ordenó a sus guardias que acudieran rápidamente a socorrer al marqués de Carabás.

Mientras sacaban del río al pobre marqués, el Gato se acercó a la carroza y dijo al rey que cuando su amo se estaba bañando, unos ladrones se habían llevado su ropa pese a haber gritado "¡Al ladrón!" con todas sus fuerzas (el pícaro del gato la había escondido abajo de una enorme piedra). El rey ordenó de inmediato a los encargados de su guardarropa que fuesen en busca de sus más bellos atuendos para el señor marqués de Carabás. El rey tuvo con él mil atenciones y, como el hermoso traje que le acababan de dar le realzaba la figura (ya que era apuesto y bien formado), la hija del rey lo encontró muy de su agrado; bastó que el marqués de Carabás le dirigiera dos o tres miradas sumamente respetuosas y algo tiernas para que quedara perdidamente enamorada.

El rey quiso que subiera a su carroza y lo acompañara en el paseo. El Gato, encantado al ver que su plan empezaba a resultar, se adelantó y, al encontrarse unos campesinos que segaban un prado, les dijo:

—Buenos segadores, si no dicen al rey que el prado que están segando es del marqués de Carabás, los haré picadillo como carne de budín.

El rey preguntó a los segadores de quién era ese prado que estaban segando:

—Es del señor marqués de Carabás —dijeron al unísono, puesto que la amenaza del gato los había asustado.

—Tiene usted aquí una hermosa heredad —dijo el rey al marqués de Carabás.

—Verá usted, Majestad, es un campo que no deja de producir con abundancia cada año.

Maese el Gato, que iba siempre delante, encontró a unos campesinos que cosechaban y les dijo:

—Buenos campesinos que están cosechando, si no dicen que todos estos campos pertenecen al marqués de Carabás, los haré picadillo como carne de budín.

El rey, que pasó momentos después, quiso saber a quién pertenecían los trigales que veía.

—Son del señor marqués de Carabás, contestaron los campesinos, y el rey felicitó nuevamente al marqués.

El Gato, que iba delante de la carroza, seguía diciendo lo mismo a todo cuanto se encontraba. El rey estaba muy asombrado con las riquezas del marqués de Carabás.

Maese el Gato llegó finalmente a un hermoso castillo que pertenecía a un ogro, el más rico que jamás se haya visto, pues todas las tierras por donde había pasado el rey dependían del castillo. El Gato, que tuvo la precaución de informarse acerca de quién era este ogro y de lo que sabía hacer, pidió hablar con él, diciendo que no había querido pasar tan cerca de su castillo sin tener el honor de hacerle reverencia.

El ogro lo recibió con la cortesía que podía tener un ogro y lo invitó a descansar.

—Me han asegurado —dijo el Gato— que usted tiene el don de convertirse en cualquier tipo de animal, por ejemplo, en león o en elefante.

—Es cierto —respondió el ogro con brusquedad—, y para demostrarlo, verá usted cómo me convierto en león.

El Gato se asustó tanto al ver a un león que en un santiamén se trepó a las canaletas, no sin pena ni riesgo a causa de las botas que nada servían para andar por las tejas.

Poco después, viendo que el ogro había recuperado su forma primitiva, el Gato bajó y confesó que había tenido mucho miedo.

—Además me han asegurado —dijo el Gato—, pero no puedo creerlo, que usted también tiene el poder de transformarse en animalitos muy pequeños; por ejemplo, en una rata o un ratón. Le confieso que eso me parece totalmente imposible.

—¿Imposible? —contestó el ogro—, pues ya verá usted.

En el acto se transformó en un ratón y se puso a correr por el piso. Apenas lo vio, el gato se le echó encima y se lo comió.

Entretanto, el rey, que al pasar vio el hermoso castillo del ogro, quiso entrar. El Gato, al oír el ruido del carruaje que atravesaba el puente levadizo, se adelantó corriendo y dijo al rey:

—Bienvenido, Vuestra Majestad, al castillo del señor marqués de Carabás.

—¡Cómo, señor marqués, exclamó el rey, este castillo también es suyo! Nada hay más bello que este patio y todos estos edificios que lo rodean. Muéstreme el interior, por favor.

El marqués ofreció la mano a la joven princesa y, siguiendo al rey, que subió primero, entraron a una gran sala donde encontraron una magnífica colación que el ogro había mandado preparar para sus amigos que vendrían a verlo ese mismo día pero no se habían atrevido a entrar al enterarse de que el rey estaba allí. El rey, encantado con las buenas cualidades del señor marqués de Carabás, al igual que su hija, que ya estaba loca de amor, viendo los valiosos bienes que poseía, le dijo, después de haber bebido cinco o seis copas:

—Solo dependerá de usted, señor marqués, si desea ser mi yerno.

El marqués, haciendo grandes reverencias, aceptó el honor que le hacia el rey, y ese mismo día se casó con la princesa. El Gato se convirtió en gran señor y ya no corrió tras los ratones sino para divertirse.

PIEL DE ASNO

Érase una vez un rey tan poderoso, tan amado por su pueblo y tan respetado por sus vecinos y aliados, que era tal vez el más feliz de los monarcas. Su dicha era aún mayor porque había elegido por esposa a una princesa de gran belleza y virtud, por lo que la unión de ambos era perfecta. La casta pareja trajo al mundo una niña, dotada de tales virtudes y gracias, al punto que los padres no lamentaban el no haber tenido más descendencia.

El palacio en el que vivían era muy vasto y magnífico y reinaba la abundancia. Los ministros eran sabios y avezados; los cortesanos, leales y virtuosos; los criados, fieles y trabajadores; las cuadras, amplias y pobladas por grandes cantidades de los corceles más hermosos del mundo, enjaezados con ricos caparazones. Pero lo que más asombraba a quienes acudían a visitar las magníficas cuadras era que en el lugar más destacado había un señor asno, de orejas largas y grandes. No era por capricho que el rey le había reservado ese lugar de honor. Bien merecía la distinción, pues por prodigio de la naturaleza su pesebre, en lugar de producir mugre, amanecía cubierto de grandes cantidades de relucientes escudos y luises de oro, que eran recogidos todas las mañanas entre las patas del asno después que este despertaba.

Sin embargo, dado que las vicisitudes y los sinsabores de la vida afectan a monarcas y súbditos por igual, la reina sufrió una cruel enfermedad para la cual, a pesar de haberse recurrido a todos los auxilios de la ciencia y a la habilidad de los médicos, no se encontró remedio. La desolación fue general. El rey, enamorado y sensible, a pesar del proverbio que dice que el matrimonio es la tumba del amor, no encontraba consuelo y hacía votos con fervor en todos los templos del reino, ofreciendo su vida a cambio de la de su amada esposa. En vano invocó a los dioses y las hadas. La reina, que sentía aproximarse su hora postre, dijo a su esposo, que no paraba de llorar:

—Antes de morir quiero hacerle una súplica: si quisiera volver a casarse...

Al escuchar estas palabras el rey rompió en sollozos, tomó las manos de su mujer, bañándolas de lágrimas, y le aseguró que no habría segundo matrimonio.

—No, amada reina. Hábleme más bien de seguir sus pasos —exclamó el rey sollozando.

—El Estado —contestó la reina con una firmeza que no hizo sino aumentar el pesar del monarca—requiere sucesores y, como solo le he dado una hija, deberá usted traer al mundo hijos que se le parezcan. Pero le pido, por el amor que me ha tenido, que no ceda a los apremios de su pueblo hasta encontrar una princesa más hermosa y virtuosa que yo. Le pido que lo jure y moriré contenta.

Es de suponer que la reina, que no carecía de amor propio, había exigido ese juramento a sabiendas de que no había nadie en el mundo capaz de igualarla y que, por lo tanto, el rey no volvería a casarse nunca más. Cuando finalmente murió, su marido estaba inconsolable. Lloraba y sollozaba día y noche y solo se ocupaba de su duelo de viudo.

Los grandes dolores duran poco. Además, los consejeros del Estado se reunieron y fueron a pedir al rey que volviera a casarse. Esta proposición le pareció insensible y volvió a derramar nuevas lágrimas. Invocó el juramento prestado a la reina y desafió a todos a que encontraran una princesa más hermosa y virtuosa que su difunta esposa, pensando que aquello sería imposible. Pero el consejo restó importancia a tal promesa y opinó que poco importaba la belleza, siempre que una reina fuera virtuosa y fértil, que el Estado exigía príncipes para su tranquilidad y paz, que, a decir verdad, la infanta reunía todas las cualidades para ser una gran reina, pero era preciso que se casara con un extranjero y que, entonces, o se iría con el extranjero o, si este reinaba con ella, sus hijos no serían considerados del mismo linaje y que, por último, no habiendo príncipe de su dinastía, los pueblos vecinos podían provocar guerras que acarrearían la ruina del reino. El rey, conmovido por los argumentos, prometió que intentaría contentarlos.

Efectivamente, buscó entre las princesas en edad de casarse cuál podría convenirle. A diario le llevaban hermosos retratos, pero ninguno exhibía los encantos de la difunta reina. Por ese motivo, no tomaba decisión alguna. Por desgracia, se empezó a percatar de que la infanta, su hija, era no solamente hermosa e increíblemente formada, sino que sobrepasaba largamente a la reina su madre en inteligencia y encanto. Su juventud, la agradable frescura de su hermosa piel, inflamó al rey con tal violencia que no pudo ocultarlo a la infanta y le anunció que había decidido desposarla porque era la única que podía liberarlo de su juramento.

La joven princesa, un dechado de virtud y pudor, creyó desfallecer ante esta horrible proposición. Se echó a los pies del rey su padre y le suplicó, con toda la fuerza de su alma, que no la obligara a cometer semejante crimen.

El rey, que estaba empecinado con este descabellado proyecto, había consultado a un viejo druida para calmar la conciencia de la joven princesa. El druida, más ambicioso que religioso, sacrificó la causa de la inocencia y la virtud por el honor de ser confidente de un poderoso rey. Se insinuó con tal destreza en la mente del rey y le suavizó de tal manera el crimen que iba a cometer, que incluso lo persuadió de estar haciendo una obra pía al casarse con su hija. El rey, halagado por el discurso de aquel delincuente, lo abrazó y salió más obstinado que nunca con el proyecto: mandó ordenar a la infanta que se preparara a obedecerle.

La joven princesa, sobrecogida de dolor, pensó en recurrir a su madrina, el Hada de las Lilas. Con este objeto, partió esa misma noche en un lindo cabriolé tirado por un gran cordero, que sabía todos los caminos. Llegó a su destino sin inconveniente. El hada, que quería mucho a la infanta, le dijo que ya estaba enterada de lo que venía a decirle, pero que no se preocupara porque nada podía pasarle si hacía exactamente todo lo que le indicaría.

—Porque, mi amada niña —le dijo—, sería una falta muy grave casarse con su padre; pero, sin contradecirlo, podrá usted evitarlo: dígale que para satisfacer uno de sus caprichos es preciso que le regale un vestido color del tiempo. Jamás, a pesar de todo su amor y su poder, podrá lograrlo.

La princesa agradeció a su madrina y a la mañana siguiente dijo al rey su padre lo que el hada le había aconsejado y reiteró que no obtendrían de ella consentimiento alguno hasta tener un vestido color del tiempo. El rey, encantado con la esperanza que esto significaba, reunió a los artesanos más famosos y les encargó el vestido, advirtiéndoles que si no eran capaces de confeccionarlo los mandaría colgar a todos. No fue necesario llegar a ese extremo: a los dos días le presentaron el tan ansiado vestido. El azul del firmamento no es más bello cuando lo ciñen nubes doradas de lo que era este hermoso vestido al desplegarse. La infanta se sintió muy afligida y no sabía cómo salir del paso. El rey apremiaba la decisión. Debió recurrir nuevamente a la madrina quien, asombrada ante la ineficacia de su subterfugio, le dijo que pidiera un vestido del color de la luna. El rey, que nada podía negarle, mandó buscar a los más diestros artesanos y les encargó en forma tan apremiante un vestido del color de la luna, que no pasaron veinticuatro horas antes de que lo tuviera en sus manos.

La infanta, más deslumbrada por este soberbio vestido que por los esfuerzos de su padre, se sumió en la aflicción cuando estuvo con sus damas y su nodriza. El Hada de las Lilas, que todo lo sabía, vino en ayuda de la atribulada princesa y le dijo:

—O me equivoco mucho, o creo que si pide un vestido color del sol lograremos burlar al rey su padre, pues jamás podrán confeccionar un vestido así, o al menos ganaremos tiempo.

La infanta estuvo de acuerdo y pidió el vestido. El enamorado rey entregó sin pena todos los diamantes y rubíes de su corona para contribuir a esta obra maravillosa y ordenó que no se escatimaran los gastos para confeccionar esta prenda semejante al sol. Cuando apareció el vestido, todos los que lo vieron desplegado tuvieron que cerrar los ojos para no quedar encandilados. Es en esta época que se empezaron a usar las gafas de sol. ¡Cómo se puso la infanta al verlo! Jamás se había visto algo tan hermoso y tan artísticamente logrado. Se sintió confundida y, con el pretexto de que le dolían los ojos, se retiró a sus aposentos, donde el hada la esperaba, de lo más avergonzada. Peor aún, al ver el vestido color del sol, enrojeció de ira, y exclamó:

—Como último recurso, hija mía —le dijo a la princesa—, sometamos el indigno amor de su padre a una terrible prueba. Parece muy empecinado con este matrimonio, que cree tan próximo, pero pienso que quedará un poco aturdido si le pide lo siguiente: la piel de ese asno que ama con tanta pasión y que subvenciona tan generosamente todos sus gastos. Vaya usted, y no deje de decirle que desea esa piel.

La infanta, encantada de encontrar una nueva manera de eludir un matrimonio que aborrecía, y pensando que su padre jamás se resignaría a sacrificar su asno, fue a verlo y le expuso su deseo de tener la piel de aquel bello animal. Aunque extrañado por el capricho, el rey no vaciló en satisfacerlo. El pobre asno fue sacrificado y su piel galantemente llevada a la infanta quien, no viendo ya ninguna escapatoria a su desgracia, iba a caer en la desesperación cuando se le presentó su madrina.

—¿Qué hace, hija mía? —dijo, viendo que la princesa se arrancaba los cabellos y se machacaba las hermosas mejillas—. Este es el momento más afortunado de su vida. Cúbrase con esta piel, salga del palacio y parta hasta donde la lleve la tierra: cuando se sacrifica todo a la virtud, los dioses saben recompensarlo. Parta, me encargaré de que todo su tocador y guardarropa la sigan a todas partes; dondequiera se detenga, el cofre de sus vestidos y alhajas seguirá sus pasos bajo tierra; y he aquí mi varita, que le doy: al golpear con ella el suelo cuando necesite el cofre, este aparecerá ante sus ojos. Pero dese prisa, no demore en partir.

La infanta abrazó mil veces a su madrina, le rogó que no la abandonara, se atavió con la fea piel después de haberse refregado con hollín de la chimenea y salió del suntuoso palacio sin que nadie la reconociera.

La ausencia de la infanta causó gran revuelo. El rey, que había mandado preparar una fiesta magnífica, estaba desesperado e inconsolable. Hizo salir a más de cien guardias y más de mil mosqueteros en busca de su hija. Pero el hada, que la protegía, la hacía invisible a las más hábiles pesquisas, por lo que hubo que resignarse.

Mientras tanto, la princesa caminaba. Llegó lejos, muy lejos y aún más lejos, y en todas partes buscaba donde albergarse. Pero, aunque por caridad le dieran de comer, la encontraban tan mugrienta que nadie quería que se quedara. Al cabo de tanto andar, llegó a una hermosa ciudad, a cuyas puertas había una granja. La granjera necesitaba una sirvienta que lavara los trapos de cocina y limpiara los pavos y las pocilgas de los puercos. La mujer, viendo a aquella viajera tan sucia, le propuso entrar a servir a su casa, lo que la infanta aceptó con gusto, cansada como estaba de tanto caminar. La pusieron en un rincón apartado de la cocina donde, durante los primeros días, fue el blanco de las groseras bromas de la servidumbre, tanta era la repugnancia que inspiraba su piel de asno. Al fin se acostumbraron y, además, ella ponía tanto empeño en sus tareas que la granjera la tomó bajo su protección. Estaba encargada de los corderos y los metía al redil cuando era preciso; llevaba a los pavos a pacer, con tal habilidad que parecía que nunca hubiera hecho otra cosa. Así pues, todo prosperaba bajo sus bellas manos.

Un día, sentada junto a una fuente de agua clara donde a menudo acudía a lamentar su triste condición, se le ocurrió mirarse: la horrible piel de asno, que constituía su tocado y ropaje, la espantó. Avergonzada de su apariencia, se refregó la cara y las manos hasta lavar toda la mugre, que quedaron más blancas que el marfil, y su hermosa tez recuperó su frescura natural. La alegría de verse tan bella le provocó el deseo de bañarse, lo que hizo, pero tuvo que volver a vestirse con la indigna piel para volver a la granja. Afortunadamente, el día siguiente era de fiesta, por lo que pudo sacar su cofre, arreglarse, empolvar su hermoso cabello y vestirse con su precioso traje color del tiempo. Su cuarto era tan pequeño que no se podía extender la cola del magnífico vestido. La bella princesa se miraba y admiraba con razón, de modo que, para entretenerse, decidió ponerse por turno todos sus hermosos vestidos los días de fiesta y los domingos, y lo hizo sin falta. Con un arte admirable, se adornaba el cabello mezclando flores y diamantes; a menudo suspiraba pensando que los únicos testigos de su belleza eran sus corderos y sus pavos, que la querrían igual con la horrible piel de asno que había dado origen a su apodo en la granja.

Un día de fiesta que Piel de Asno se había puesto su vestido color del sol, el hijo del rey, a quien pertenecía la granja, hizo allí un alto para descansar al volver de caza. Era joven, hermoso y apuesto, el amor de su padre y de la reina su madre, y adorado por el pueblo. Le ofrecieron una colación campestre, que aceptó; luego se puso a recorrer las dependencias inferiores y todos los rincones. Yendo así, de un lugar a otro, entró por un callejón sombrío al fondo del cual vio una puerta cerrada. Guiado por la curiosidad, puso el ojo en la cerradura y divisó a una princesa muy bella y ricamente vestida a quien, por su aire noble y modesto, tomó por una diosa. El ardor del sentimiento que lo embargó en ese momento lo habría llevado a forzar la puerta, si no fuera por el respeto que le inspirara esta maravillosa persona.

Tuvo que hacer un esfuerzo para salir del callejón oscuro y sombrío, pero lo hizo para averiguar quién vivía en ese cuartito. Le dijeron que era una sirvienta que se apodaba Piel de Asno a causa de la piel con que se vestía, que era tan mugrienta y sucia que nadie la miraba ni le hablaba, y que la habían tomado por lástima para que se encargara de los corderos y de los pavos.

Insatisfecho con estas referencias, el príncipe concluyó que esa gentuza no sabía nada más y que era inútil hacerle más preguntas. Volvió al palacio del rey su padre, enamorado hasta los huesos y recordando constantemente la imagen de esa diosa que había visto por el ojo de la cerradura. Lamentó no haber golpeado a la puerta y decidió que no dejaría de hacerlo la próxima vez. Pero tal era su estado de agitación, causado por el ardor de su amor, que esa misma noche tuvo una fiebre tan terrible que cayó gravemente enfermo. La reina su madre, que tenía este único hijo, se desesperaba al ver que todos los remedios eran inútiles. En vano prometía las mayores recompensas a los médicos. A pesar de todas sus artes, la salud del príncipe no mejoraba.

Finalmente, adivinaron que un sufrimiento mortal era la causa de su dolencia; se lo dijeron a la reina quien, llena de amor por su hijo, fue a suplicarle que le contara la causa de su mal. También le dijo que si quería que el rey su padre le cediera la corona, este bajaría del trono sin pena para hacerlo subir a él, que si deseaba una princesa, aunque se estuviera en guerra con el rey su padre y hubiera justos motivos de agravio, sacrificarían todo para darle lo que deseaba, pero le suplicaba que no se dejara morir, puesto que de su vida dependía la de sus padres.

La reina terminó este conmovedor discurso derramando un torrente de lágrimas sobre el rostro de su hijo.

—Señora —le dijo por fin el príncipe, con una voz muy débil—, desear la corona de mi padre me haría un depravado. ¡Quiera el cielo que viva largos años y me acepte durante mucho tiempo como el más respetuoso y fiel de sus súbditos! En cuanto a las princesas que me ofrece, aún no he pensado en casarme, y sepa que, sumiso como soy a sus voluntades, les obedeceré siempre, a cualquier precio.

—¡Ah, hijo mío! —respondió la reina—, ningún precio es demasiado alto para salvarte la vida. Pero, querido hijo, salva la mía y la del rey tu padre, diciéndome lo que deseas, y ten plena seguridad que te será otorgado.

—¡Pues bien!, señora —dijo él—, si tengo que descubrirle mis pensamientos, le obedeceré. Sería un criminal si pusiera en peligro a dos personas tan queridas. Sí, madre mía, deseo que Piel de Asno me prepare una torta y tan pronto como esté hecha, me la traigan.

La reina, sorprendida por este extraño nombre, preguntó quién era la tal Piel de Asno.

—Es, señora —respondió uno de sus oficiales que por casualidad la había visto—, la sabandija más fea después del lobo, una mugrienta que vive en la granja que usted posee y que cuida sus pavos.

—No importa —dijo la reina—, mi hijo, al volver de caza, habrá probado su pastelería; es una fantasía de enfermo. En una palabra, quiero que Piel de Asno (puesto que de Piel de Asno se trata), le haga ahora mismo una torta.

Corrieron a la granja y llamaron a Piel de Asno para ordenarle que preparara una torta para el príncipe con el mayor esmero.

Algunos autores sostienen que Piel de Asno había divisado los ojos del príncipe cuando este miró por la cerradura y que, enseguida, mirando por su ventanita, había visto a aquel príncipe tan joven, tan hermoso y bien plantado que no había podido olvidar su imagen y que a menudo ese recuerdo le arrancaba suspiros. De cualquier manera, tanto si Piel de Asno lo había visto o si había oído decir de él muchos elogios, encantada de la oportunidad de darse a conocer, se encerró en el cuarto, se sacó su fea piel, se lavó manos y rostro, se peinó los rubios cabellos, se puso un corsé de plata brillante, una falda igual, y se puso a hacer la torta tan apetecida: usó la harina más pura y mantequilla y huevos frescos. Mientras trabajaba, adrede o por casualidad, un anillo que llevaba en el dedo cayó dentro de la masa y se mezcló a ella. Cuando la torta estuvo cocida, se vistió con la horrible piel y entregó la torta al oficial, a quien preguntó por el príncipe; pero este, sin dignarse a contestar, corrió donde el príncipe a llevarle la torta.

El príncipe la arrebató de manos del hombre y se la comió con tal avidez que los médicos presentes dijeron que ese arrebato no era buen signo. En efecto, el príncipe casi se ahogó con el anillo que encontró en uno de los pedazos de la torta, pero se lo sacó diestramente de la boca. Esto hizo que el ardor con que devoraba la torta se calmara mientras examinaba la fina esmeralda montada en un junquillo de oro, cuya circunferencia era tan estrecha que —pensó él— solo podía caber en el dedo más hermoso del mundo.

Besó mil veces el anillo, lo puso bajo la almohada y lo sacaba cada vez que sentía que nadie lo observaba. Se atormentaba imaginando cómo hacer para ver a la dueña del anillo. No se atrevía a creer, si llamaba a Piel de Asno, que había preparado la torta, que le permitieran venir, ni se atrevía a contar lo que había visto por el ojo de la cerradura porque temía ser objeto de burla y que lo tomaran por un visionario. Acosado por todos estos pensamientos simultáneos, la fiebre volvió a arremeter. Los médicos, que ya no sabían qué hacer, informaron a la reina que el príncipe estaba enfermo de amor.

La reina acudió donde su hijo acompañada del rey, que se desesperaba.

—Hijo mío, hijo querido —exclamó el monarca, afligido—, díganos el nombre de la que quiere. Juramos que se la daremos, aunque sea la más vil de las esclavas.

Abrazándolo, la reina le reiteró la promesa del rey. El príncipe, conmovido por las lágrimas y caricias de los autores de sus días, dijo:

—Padre y madre míos, no quisiera hacer una alianza que les disguste. Como prueba de esta verdad —añadió, sacando la esmeralda que escondía bajo la almohada— me casaré con la persona en cuyo dedo calce este anillo, sin importar quién sea. No creo que la dueña de ese hermoso dedo sea una labriega o una campesina.

El rey y la reina tomaron el anillo, lo examinaron con curiosidad, y concluyeron, al igual que el príncipe, que solo podía calzar en el dedo de una joven de alcurnia. Tras besar a su hijo e instarlo a que se mejorara, el rey salió e hizo tocar los tambores, los pífanos y las trompetas por toda la ciudad y mandó a los heraldos a que anunciaran que quienes quisieran podrían venir al palacio a probarse el anillo. Aquella en cuyo dedo calzara justo se casaría con el heredero al trono.

Las princesas acudieron primero, seguidas de las duquesas, las marquesas y las baronesas, pero, por mucho que se hubieran afinado los dedos, ninguna pudo ponerse el anillo. Hubo que pasar a las costureras que, a pesar de ser muy bonitas, tenían los dedos demasiado gruesos. El príncipe, que estaba más recuperado, se ocupaba en persona de la prueba. Al fin llegó el turno de las criadas, que no tuvieron mejor resultado. Ya no quedaba nadie que no se hubiera probado infructuosamente el anillo, cuando el príncipe mandó llamar a las cocineras, las ayudantes y las pastoras. Todas acudieron, pero el anillo no pasó más allá de la uña de sus dedos regordetes, cortos y enrojecidos.

—¿Hicieron venir a la tal Piel de Asno, que me hizo una torta hace unos días? —preguntó el príncipe.

Todos se echaron a reír y le dijeron que no, porque era demasiado mugrienta y sucia.

—¡Que la traigan en el acto! —dijo el rey—. No se dirá que he hecho una excepción.

Corrieron entonces, entre risas y burlas, a buscar a la encargada de los pavos.

La princesa, que había escuchado los tambores y los gritos de los heraldos, supuso con razón que su anillo era lo que provocaba el alboroto. Estaba enamorada del príncipe y, como el verdadero amor es timorato y carece de vanidad, vivía atemorizada pensando que alguna dama tendría el dedo tan delgado como el suyo. Sintió, pues, una gran alegría cuando vinieron a buscarla y llamaron a su puerta. Desde que se enteró de que buscaban un dedo adecuado a su anillo, no se sabe qué esperanza la había movido a peinarse con mayor esmero y a ponerse su hermoso corsé de plata con la falda engalanada de volantes y de encaje de plata salpicado de esmeraldas. En cuanto oyó que llamaban a su puerta para que se presentara ante el príncipe, se cubrió rápidamente con su piel de asno, abrió la puerta y la gente, burlándose de ella, le dijo que el rey la llamaba para casarla con su hijo. Luego, en medio de estruendosas risotadas, la llevaron ante el príncipe quien, también sorprendido por el extraño atavío de la joven, no se atrevió a creer que era la misma que había visto tan elegante y hermosa. Triste y confundido de haberse equivocado tan rotundamente, le dijo:

—¿Es usted quien habita al fondo del callejón oscuro, en el tercer patio de la granja?

—Sí, su señoría —respondió ella.

—Muéstreme su mano —dijo él, temblando y dando un hondo suspiro.

¡Señores! ¿Quién quedó asombrado? El rey y la reina, así como todos los chambelanes y los grandes de la corte, cuando bajo de esa piel negra y mugrienta, se alzó una mano delicada, blanca y sonrosada, y el anillo entró sin esfuerzo en el dedito más lindo del mundo. Con un leve movimiento la infanta dejó caer la piel y apareció, con una belleza tan deslumbrante que el príncipe, aunque todavía estaba débil, se postró ante ella y le estrechó las rodillas con un ardor que la hizo ruborizar. Pero casi nadie se dio cuenta, pues el rey y la reina corrieron a besar a la princesa, preguntándole si quería casarse con su hijo. La princesa, confundida ante tantas caricias y el amor que le demostraba el apuesto príncipe, se disponía a darles las gracias, cuando el techo del salón se abrió, y el Hada de las Lilas, bajando en un carro hecho de las ramas y las flores que le dan nombre, contó, con gracia infinita, la historia de la infanta.

El rey y la reina, encantados de enterarse de que Piel de Asno era una gran princesa, redoblaron sus muestras de afecto. Por su parte, el príncipe apreció aún más la virtud de la princesa y su amor creció al saberlo.

La impaciencia del príncipe por casarse con la princesa era tanta, que a duras penas dio tiempo para los preparativos apropiados del augusto matrimonio. El rey y la reina, que estaban locos con su nuera, le hacían mil cariños y la abrazaban constantemente. Esta había declarado que no podía casarse con el príncipe sin el consentimiento del rey su padre. Por este motivo fue el primero a quien enviaron una invitación, sin decirle quién era la novia: el Hada de las Lilas, que supervisaba todo, como era natural, así lo había exigido a causa de las consecuencias. Vinieron reyes de todos los países; unos en silla de manos, otros en calesa, los más distantes montados en elefantes, tigres y águilas; pero el más poderoso y magnífico de los mandatarios era el padre de la infanta quien, felizmente, había olvidado su amor descarriado y se había casado con una reina viuda muy hermosa que no le había dado hijos. La infanta corrió a su encuentro; el padre la reconoció en el acto y la besó con gran cariño, antes de que esta pudiera echarse a sus pies. El rey y la reina le presentaron a su hijo, a quien colmó de atenciones. La boda se celebró con la mayor pompa imaginable. Los jóvenes esposos, poco sensibles a estas ostentaciones, solo tuvieron ojos el uno para el otro.

El rey, padre del príncipe, hizo coronar a su hijo ese mismo día y, besándole la mano, lo condujo al trono, pese a la resistencia de su hijo tan bien nacido, quien finalmente tuvo que obedecer. Las fiestas de la boda ilustre duraron cerca de tres meses y el amor de los dos esposos perduraría aún si ambos no hubieran muerto cien años después.

LAS HADAS

Érase una vez una viuda que tenía dos hijas. La mayor se le parecía tanto en el carácter y en el semblante que quien la veía creía ver a la madre. Ambas eran tan desagradables y orgullosas que no se podía vivir con ellas. La menor, verdadero retrato de su padre por su dulzura y honestidad, era una de las jóvenes más hermosas que jamás se hubiera visto. Como por naturaleza amamos a quien se nos parece, la madre tenía locura por su hija mayor, al tiempo que sentía una aversión atroz por la menor. La hacía comer en la cocina y trabajar sin cesar.

Entre otras cosas, la pobre niña tenía que ir dos veces al día a buscar agua a una media legua de la casa y volver con una gran jarra llena. Un día que estaba en la fuente se le acercó una pobre mujer y le rogó que le diera de beber.

—Cómo no, buena señora —dijo la hermosa niña.

Enjuagando de inmediato la jarra, sacó agua del mejor lugar de la fuente y se la ofreció, sosteniendo siempre la jarra para que bebiera más cómodamente. Después de beber, la mujer le dijo:

—Es usted tan bella, tan buena y tan amable, que no puedo dejar de hacerle un don —pues se trataba de un hada que había tomado la forma de una pobre aldeana para ver hasta dónde llegaría la amabilidad de la joven.

—Le concedo el don —prosiguió el hada— de que por cada palabra que pronuncie le salgan de la boca una flor o una piedra preciosa.

Cuando la hermosa joven llegó a casa, su madre la reprendió por regresar tan tarde de la fuente.

—Perdón, madre mía —dijo la pobre muchacha—, por haberme demorado.

Al decir estas palabras, le salieron de la boca dos rosas, dos perlas y dos grandes diamantes.

—¿Qué ven mis ojos?—dijo la madre, llena de asombro—. ¡Parece que de la boca le brotan perlas y diamantes! ¿Cómo es eso, hija mía?

Era la primera vez que le decía hija. La pobre niña le contó ingenuamente todo lo que le había pasado, a lo que brotó de su boca una infinidad de diamantes.

—Ciertamente —dijo la madre—, tengo que mandar a mi hija. Mire, Fanchon, mire lo que sale de la boca de su hermana cuando habla. ¿No le gustaría tener un don semejante? Bastará con que vaya a buscar agua a la fuente y, cuando una pobre mujer le pida de beber, servirle con toda amabilidad.

—¡No faltaba más! —respondió groseramente la joven—. ¡Ir a la fuente!

—Deseo que vaya —respondió la madre—, ¡y de inmediato!

Y a la fuente fue, pero sin dejar de refunfuñar. Tomó el jarro de plata más hermoso de la casa. Apenas llegó a la fuente, vio salir del bosque a una dama magníficamente ataviada, que vino a pedirle de beber. Era la misma hada que se había aparecido a su hermana, pero que había adoptado el aspecto y las ropas de una princesa para ver hasta dónde llegaba la maldad de esta niña.

—¿Habré venido acaso —le dijo, con brutalidad y orgullo— para darle de beber? ¡Justamente, he traído un jarro de plata nada más que para dar de beber a su señoría! Vaya, beba usted directamente, si quiere.

—No es usted para nada amable —repuso el hada, sin irritarse—. Está bien, ya que es tan poco atenta, le otorgo el don de que por cada palabra que pronuncie, le salgan de la boca una serpiente o un sapo.

En cuanto la madre la vio, le gritó:

—¿Entonces, hija mía?

—¿Entonces, madre mía? —respondió la malvada echando dos víboras y dos sapos.

—¡Cielos! —exclamó la madre—, ¿qué ven mis ojos? ¡Su hermana tiene la culpa, me las pagará!

Corrió a pegarle y la pobre niña se escapó, refugiándose en el bosque cercano. El hijo del rey, que regresaba de la caza, la encontró y, viéndola tan hermosa, le preguntó qué hacía sola y por qué lloraba.

—¡Ay, señor! Mi madre me ha echado de casa.

El hijo del rey, que vio salir de su boca cinco o seis perlas y otros tantos diamantes, le rogó que le dijera de dónde le venía aquello, a lo que ella le contó toda su aventura. El hijo del rey se enamoró y, considerando que semejante don valía más que cualquier dote que pudiera obtener por otro matrimonio, la llevó con él al palacio de su padre, donde se casaron.

La hermana, por su parte, se granjeó el odio de todo el mundo, al punto que su propia madre la echó de casa. Después de ir de un lado a otro sin que nadie quisiera recibirla, la desgraciada se fue a morir a un rincón del bosque.

BARBA AZUL

Érase una vez un hombre que tenía hermosas casas en la ciudad y en el campo, vajilla de oro y plata, muebles con tapizados bordados y carrozas doradas. Pero, por desgracia, su barba era azul y le daba un aspecto tan feo y temible que no había mujer ni joven que no huyera al verlo.

Una de sus vecinas, señora de abolengo, tenía dos hijas muy hermosas. Este le pidió una en matrimonio, dejando a la madre la elección de cuál sería su esposa. Ninguna de las dos estaba dispuesta y se pasaban el fardo mutuamente, no pudiendo resignarse a ser la mujer de un hombre con la barba azul. Para colmo de su disgusto, el hombre se había casado con varias mujeres, pero nadie sabía qué había sido de ellas.

Para presentarse, Barba Azul las invitó con su madre, tres o cuatro amigas íntimas y algunos jóvenes de la vecindad a una de sus casas de campo, en la que permanecieron ocho días completos, que emplearon en paseos, partidas de caza y pesca, bailes, festines y colaciones. Pasaban las noches casi sin dormir y haciéndose travesuras unos a otros. Terminaron pasando tan bien, que a la menor empezó a parecerle que el amo del hogar no tenía la barba tan azul y que era un hombre muy bueno. Al regresar a la ciudad celebraron la boda.

Al cabo de un mes, Barba Azul dijo a su esposa que tenía que hacer un viaje a las provincias, que duraría al menos seis semanas, para tratar un asunto importante. Le rogó que durante su ausencia se divirtiera y que invitara a sus amigas a que la acompañaran, fuera con ellas al campo, si tuviera ganas, y procurara no estar triste.

—Aquí tiene —añadió— las llaves de los dos guardamuebles grandes. Estas son las de la vajilla de oro y plata, que no se usa todos los días; estas pertenecen a las cajas donde guardo el oro y la plata; estas las de los cofres de alhajas y joyas; y aquí le doy el llavín que abre las puertas de todos los cuartos. Esta llavecita es la del gabinete que hay al final de la gran galería de abajo.

Abra todas las puertas y entre en todas partes. Pero le prohíbo entrar al gabinete. Y esta prohibición es tal que si llegara usted a abrir esa puerta nada podrá calmar mi cólera.

La mujer le prometió atenerse exactamente a lo que acababa de ordenarle. Después de besarla, el marido se subió a la carroza y emprendió viaje.

Las vecinas y amigas no esperaron a que les llamaran para ir a casa de la recién casada, pues estaban impacientes por ver las riquezas de la casa y no se habían atrevido a hacerlo estando el marido, porque su barba azul las espantaba. Enseguida se pusieron a recorrer los cuartos, los gabinetes y los guardarropas, que albergaban cuantiosas riquezas. Subieron enseguida a los guardamuebles, donde no se cansaron de admirar el número y belleza de los tapices, camas, sofás, vitrinas, mesas y espejos en los que se veían pies a cabeza y cuyos adornos, algunos de cristal, otros de plata y dorados a la hoja, eran los más bellos y magníficos que jamás se hubieran visto. No dejaban de ponderar y envidiar la dicha de su amiga, que sin embargo no se divertía admirando las riquezas, pues no dejaba de pensar en abrir el gabinete de abajo.

Tanto la carcomía la curiosidad que, sin atender a los buenos modales, dejó solas a sus invitadas y bajó por una escalera secreta, con tanta precipitación que dos o tres veces estuvo a punto de desnucarse. Al llegar a la puerta del gabinete se detuvo un momento, pensando en la prohibición de su marido y en que la desobediencia podía atraerle alguna desgracia. Pero la tentación era tan fuerte que no pudo vencerla y, tomando la llavecita, abrió temblando la puerta del gabinete.

Al principio nada vio porque las ventanas estaban cerradas. Al cabo de algunos instantes comenzó a distinguir que el suelo estaba completamente cubierto de sangre cuajada, en la que se reflejaban los cuerpos de varias mujeres muertas, colgadas de las paredes. Eran todas las mujeres con las que se había casado Barba Azul, a las que había degollado una tras otra. Creyó morir de miedo y se le cayó la llave del gabinete que acababa de sacar de la cerradura.

Después de haberse repuesto, levantó la llave, cerró la puerta y subió a su cuarto para recuperar la calma, sin lograrlo, pues estaba agitadísima.

Tras notar que la llave del gabinete estaba manchada de sangre, la enjugó dos o tres veces, pero la sangre no desaparecía. En vano la lavó y hasta la frotó con arenilla y arenisca, la sangre no se iba porque la llave estaba encantada y no había manera de limpiarla: cuando se quitaba la sangre de un lado, aparecía en el otro.

Barba Azul regresó de su viaje esa misma noche y dijo que en el camino había recibido cartas que le notificaban que la cuestión que le ocupaba se había resuelto a su favor. La esposa hizo cuanto pudo para que creyera que estaba encantada por el retorno anticipado.

Al día siguiente le pidió las llaves y se las entregó tan temblorosa, que en el acto adivinó lo que había pasado.

—¿A qué se debe que falte la llavecita del gabinete?

—Probablemente la habré dejado en mi mesa —le contestó.

—Tráigamela en cuanto pueda —añadió Barba Azul.

Después de varias dilaciones, no tuvo más remedio que entregar la llave. Barba Azul la miró y dijo a su mujer:

—¿A qué se debe que haya sangre en esta llave?

—Lo ignoro —contestó, más pálida que la muerte.

—¿No lo sabe? —contestó Barba Azul—. Yo sí lo sé. Quiso entrar al gabinete. ¡Pues bien, entrará usted y ocupará su puesto junto a las damas que allí ha visto!

La mujer se arrojó llorando a los pies de su esposo y le pidió perdón, demostrando un verdadero arrepentimiento por haberle desobedecido. En su hermosura y aflicción, habría podido conmover a una roca, pero el corazón de Barba Azul era más duro que el granito.

—Va a tener que morir —le dijo— y enseguida.

—Si tengo que morir —murmuró mirándole con los ojos llenos de lágrimas—, concédame algún tiempo para orar a Dios.

—Le concedo quince minutos —replicó Barba Azul—, pero ni un segundo más.

En cuanto estuvo sola llamó a su hermana y le dijo:

—Ana —pues así se llamaba la hermana—, te ruego que subas a lo alto de la torre y mires si vienen mis hermanos. Me prometieron que hoy vendrían a verme. Si los ves, hazles seña de que apresuren el paso.

Ana subió a lo alto de la torre y la mísera le preguntaba a cada instante:

—Hermana, ¿ves algo?

Y Ana le contestaba:

—Solo veo el sol que centellea y la hierba que verdea.

Mientras tanto, Barba Azul, empuñando una enorme cuchilla, gritaba a viva voz:

—Baja enseguida o subo yo.

—Un momento, por favor —le contestó su esposa; y luego preguntó en voz baja—: Hermana, ¿ves algo?

Ana le contestó:

—Solo veo el sol que centellea y la hierba que verdea.

—Baja pronto —gritó Barba Azul— o subo yo.

—Bajo —contestó la esposa; y luego preguntó—: Hermana, ¿ves algo?

—Sí —contestó Ana—, veo una gran polvareda que hacia aquí avanza...

—¿Son mis hermanos?

—¡Ay!, no, hermana mía; es un rebaño de ovejas.

—¿Bajas o no bajas? —gritaba Barba Azul.

—¡Un momentito! —contestó su mujer; y luego preguntó—: Hermana, ¿ves algo?

—Veo dos caballeros que avanzan hacia aquí, pero aún están muy lejos.

—¡Alabado sea Dios! —exclamó poco después—. ¡Son mis hermanos! Les hago señas para que apresuren el paso.

Barba Azul se puso a gritar con tanta fuerza que la casa entera se puso a temblar. La infeliz bajó la escalera y fue a arrojarse a sus pies, llorosa y desgreñada.

—De nada te servirán las lágrimas —le dijo Barba Azul—, has de morir.

La tomó de los cabellos con una mano y con la otra levantó la cuchilla para cortarle la cabeza. La infeliz volvió hacia él la mirada moribunda y le pidió concediese unos segundos para rezar.

—No, no —le contestó—, encomiéndate a Dios.

Y diciendo esas palabras levantó el brazo... En ese momento golpearon con tanta fuerza la puerta, que Barba Azul se detuvo en seco. Abrieron y entraron dos caballeros que, desenvainando las espadas, corrieron directamente hacia Barba Azul...

Reconoció a los hermanos de su mujer, uno de ellos dragón y el otro mosquetero, por lo que huyó al verlos. Los hermanos lo siguieron tan de cerca que lo alcanzaron antes de que lograra franquear la puerta y, atravesándole el cuerpo con las espadas, lo mataron. La pobre mujer estaba casi tan muerta como su marido y no tenía fuerzas para levantarse y abrazar a sus hermanos.

Resultó que Barba Azul no tenía sucesores, con lo que su esposa se convirtió en heredera de todos sus bienes. Destinó parte de su herencia a casar a su hermana menor, Ana, con un joven gentilhombre del que estaba enamorada hacía tiempo, otra parte a comprar los grados de capitán para sus hermanos y el resto a encontrar un marido digno y honrado, que le hizo olvidar el infierno que había pasado con Barba Azul.

Índice